Winnie und die wilden Wölfe

Valeri Gorbatschow

EDITION JÜRGEN LASSIG

Nord-Süd Verlag

Aus dem Amerikanischen von Christiane Jung

Originaltitel: Nicky and the Big Bad Wolves
Lithographie: Die Repro, Tamm
Gesetzt in der Veljovic Book, 16 Punkt
Druck: Proost N.V., Turnhout
ISBN 3 314 00898 8

Die Deutsche Bibliothek – CIP-Einheitsaufnahme

Gorbatschov, Valeri: Winnie und die wilden Wölfe /
Valeri Gorbatschow. [Aus dem Amerikan.
von Christiane Jung]. – Gossau Zürich ; Hamburg ;
Salzburg : Nord-Süd-Verl., 1998 (Edition Jürgen Lassig)
Einheitssacht.: Nicky and the big bad wolves <dt.>
ISBN 3-314-00898-8

Valeri Gorbatschow wurde 1944 geboren. Er emigrierte 1991 mit seiner Frau und zwei Kindern aus der Ukraine in die USA.
Während seiner Zeit in der ehemaligen Sowjetunion illustrierte er über vierzig Kinderbücher, darunter viele eigene Texte.
Seine Bücher wurden ins Finnische, Deutsche und Spanische übersetzt, seine Illustrationen im Ausland mehrfach ausgestellt.
In den USA hat er bereits mehrere Bilderbücher illustriert.
Dies ist sein erstes Buch im Nord-Süd Verlag.

In einer windigen Nacht wachte Winnie plötzlich auf…

H-I-I-I-I-L-L-F-F-E-E-E-E !

Mama stürzte herein.
»Was ist denn passiert?«, fragte sie.

»Wölfe!«, sagte Winnie. »*Hundert* wilde Wölfe waren hinter mir her!«

»*Hundert* Wölfe?«, fragte Mama.
»Bist du sicher?«

»Na ja«, sagte Winnie. »Vielleicht waren es nur *fünfzig*. Aber sie rasten alle hinter mir her. Und ich konnte nicht schnell genug weglaufen!«

»Fünfzig Wölfe!«, sagte Mama.
»Bist du ganz sicher?«

»Na ja«, sagte Winnie. »Vielleicht waren es auch bloß *fünfzehn.* Aber sie waren fürchterlich blutrünstig.«

»Fünfzehn Wölfe sind ganz schön
viele«, sagte Mama.
»Irrst du dich auch nicht?«

»Na ja, vielleicht waren es eigentlich nur *fünf*«, gab Winnie zu. »Aber sie wollten sich gerade auf mich stürzen!«

»Es war nur ein böser Traum,
Winnie«, sagte Mama.
»Jetzt legt euch schön wieder hin
und schlaft.«
Mama deckte alle gut zu, löschte
das Licht und schloss die Tür.

»Hast du das eben gehört?«, fragte Wippo.
»Das waren bestimmt Wölfe!«, sagte Wendi.
»Hungrige Wölfe!«, sagte Willi.
»Mit riesigen Mäulern!«, sagte Walleri.

»Und sie sind direkt vor dem Haus!«, sagte Winnie.

H-I-I-I-I-L-L

-F-F-E-E-E-E !

»Was ist denn nun wieder los?«, fragte Mama.
»Hundert Wölfe! Genau vor unserem Fenster! Sie wollen uns holen!«
»Bleibt schön hier«, sagte Mama. »Ich werde mich jetzt um diese Wölfe kümmern – ein für alle Mal!«

»So, ihr Wölfe! Jetzt macht, dass ihr wegkommt!«
PENG!
KRACH!

»So«, sagte Mama, »nun braucht ihr keine Angst mehr vor wilden Wölfen zu haben. Ich habe sie alle verjagt.«
»Bist du sicher?«, fragte Winnie.
»Ganz sicher!«, sagte Mama. »Und wenn sie doch zurückkommen, mache ich wieder Lärm und vertreibe sie mit dem Besen.«
Winnie und seine Geschwister kuschelten sich beruhigt in die Bettdecke und schliefen endlich ein – mit Mama in der Mitte!